衛斯理系列 少年版 26
魔磁

下

作者：衛斯理

文字整理：耿啟文

繪畫：鄺志德

衛斯理
親自演繹衛斯理

老少咸宜的新作

　　寫了幾十年的小說，從來沒想過讀者的年齡層，直到出版社提出可以有少年版，才猛然省起，讀者年齡不同，對文字的理解和接受能力，也有所不同，確然可以將少年作特定對象而寫作。然本人年邁力衰，且不是所長，就由出版社籌劃。經蘇惠良老總精心處理，少年版面世。讀畢，大是嘆服，豈止少年，直頭老少咸宜，舊文新生，妙不可言，樂為之序。

倪匡　2018.10.11　香港

目 錄

主要登場角色

柯克船長

白素

衛斯理

傑克上校

方廷寶

第十一章

神秘之物在海底

　　傑克上校與軍方協調過後，決定派出軍事潛艇，保護一般海洋探索潛艇，載着一隊這方面的專家，打算去誘捕海底那頭**大鳥賊**。

　　我們所有人則撤到遠處，在安全的海面上**靜候消息**。

　　海面上很平靜，船隻幾乎靜止不動，在那樣的情形下，望着美麗廣闊的**汪洋大海**，實在是一件心曠神怡的事。

但我對美麗的大海卻視而不見，因為心中只想着那件東西，那來自路南石林的一塊**石灰岩石** ，中間嵌着的金屬球，究竟是什麼？

約莫在半小時後，海底忽然傳出一陣陣的**爆炸聲**，嚇了我們所有人一跳，大家面面相覷，緊張得說不出話來。

爆炸聲至少響起了十幾次之多，而那邊的海水亦劇烈地翻動着，間中還可以看到**巨大的烏賊**的**觸鬚**翻出了海面，又迅速隱沒，一看就知道牠在痛苦**掙扎**着。

沒多久，那邊的海水就變成了**黑色**，並慢慢向外漾開去。

足足又過了半小時，海面才漸漸平靜下來，在那段時間中，幾乎所有人都在甲板上，遙望着那千載難逢的**奇景**。

等到軍事潛艇和海洋探索潛艇 **安全回來**，向傑克上校報告剛才發生的情況，我們才知道，原來他們大大低估了烏賊的體型。他們初時想用麻醉和餌誘的方法去捕捉大烏賊，但沒想到那烏賊實在 **巨大** 得驚人，根本無法處置。

接着他們想方設法驅趕大烏賊離開那沉沒的飛機，怎料卻惹怒了牠，牠發難揮動起觸鬚來，幾乎把兩艇擊毀，軍事潛艇不得不馬上 **開火自衛**，並且迅速掩護海洋探索潛艇撤退。

「那頭大烏賊已經死了嗎？」 朱博士緊張地問。

負責這次護航任務的將軍說：「很難說，那烏賊實在比我們想像的大得多，我們連續開火之後，為了安全起見，也急急撤退了，而且海底被 **墨汁** 染黑，我們也看不清楚那大烏賊的情況。

朱博士嘆了一口氣，「雖然有點可惜，但死了也好，因為那隻大烏賊以後會造成什麼禍害還不知道，至少牠已經令這一帶海域的**漁船** 捕不到魚，還隨時會向人襲擊。」

「在那樣的火力轟炸之下，那烏賊和飛機恐怕已被炸得不剩什麼了。」傑克上校判斷道。

這時大家都猶有餘悸，暫時不敢再下去海底。但方廷寶卻**主動請纓**，向林上尉說：「我可以潛水下去看一看，如果飛機的殘骸還在的話，一定可以撈起來的。」

我自然知道方廷寶的目標不是打撈飛機或遇難者的屍體，而是想找到**那件東西**，只要將那東西交給**柯克船長**，甚至直接賣給某國的**特務**組織，報酬一定相當可觀。

　　我沒有揭穿他，更主動走了過去說：「上尉，我同意方先生的意見，而且，我準備和他一起潛水去看個究竟。」

　　方廷寶略呆了一呆，「衛先生，你潛水經驗沒有我豐富，**不適宜**在這麼危險和惡劣的情況下潛水。」

　　我向他笑了笑，「我一定要參加，我們合作過一次了，已經建立了**默契**，甚至不用說話，就知道對方在想什麼。」

我故意這麼説，是提醒方廷寶，我知道他在想什麼。他深深吸了一口氣，沒有再**阻撓**我，而傑克上校和林上尉都同意讓我們下水去看看。

船隊於是向前駛去，到了確定的地點，海水中仍然有着殘留的墨汁。

我和方廷寶都換上了潛水裝備，我先**下水**，他也跟着，在海水中，我們相距不到兩碼，一起向目標游去。

我們首先看到海底一個又一個**深坑**，顯然是爆炸造成的，卻見不到那頭大烏賊的屍體。

我估計那頭大烏賊被炸中了之後，可能仍**掙扎**游出了很遠才死去，至於牠游到了什麼地方去，自然難以揣測。

然後，我們看到了一大堆飛機碎片，有一張**座椅**正浮脱出海砂，向水面升去。

我們發現了飛機的 **飛行紀錄儀**，依然完好無缺，我連忙捧起了它。

但那三位科學家的屍體，我們卻找不到，恐怕已被炸成**碎片**了。

方廷寶和我一樣，留意着每一塊海底的石頭，而我倆幾乎同時在一大片扭曲的機身旁邊，看到了一個**長方形的木箱**。

難得那木箱還算完整，只有其中的一片木板翹了起來，我們一起游過去，同時看到那木箱之中，是一塊柱形的石頭。

我們找到那塊石頭 ⬡ 了！

方廷寶比我游得快，立時抱住了那木箱，然後翻身面對着我。

我從他的眼神可以看出他想對我不利，我打算**先發制人**，一手抱着飛行紀錄儀，另一手伸前抓住他的手腕。可是我慢了一步，方廷寶已經抽出了一柄鋒利的小刀，迅速向我刺來！

我立時用飛行紀錄儀擋住了他的刀，然後匆匆後退，但方廷寶卻不放過我，追了上來。

在水中他比我靈活得多，他拉住了我背後**氧氣筒**的氣管，我翻轉身，雙足用力蹬向他的頭部。

他被我蹬得向後退了開去，但是在他後退之際，卻已經割斷了我氧氣筒的氣管，大量氣泡冒出，我奮力*向上游*，必須在我還可以屏住呼吸之前，升上海面去，不然我必死無疑！

然而，我才上升了三四呎，方廷寶又糾纏過來，我乾

脆拋開了  頭罩，把氣管拉過來，咬在口中，使我又獲得氧氣，奮力還擊。此時我倆已 糾纏成一 團，他手中的小刀和木箱都掉落了，而且，他氧氣筒的氣管也被我用力拉斷，隔著 頭罩 也可以看到他驚惶失措的神情。

　　他和我一樣，慌忙將頭罩弄了下來，把斷管塞在口中。

　　我們都知道，這樣咬住 斷裂 的氣管口，根本維持不了多久，必須盡快游到海面去，可是方廷寶竟然還想下去海底撿那木箱。

　　本來我可以任由他死在海底的，但我還是拉住了他，一起向海面上升去，幸好及時在 氧 氣 漏光之前，浮上了水面，撿回一命。

我們都喘着氣，我一手抱着飛行紀錄儀，另一手重重地在他的臉上拍了幾下，厲聲道：「你是不是瘋了？像你這種人，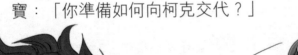」

方廷寶自己也知道，若非我堅持拉他上來，他已經死在海底了。他捂着臉説：「是我錯了，我財迷心竅！」

這時，船上的人已看到我們升上了水面，兩艘 **快艇**準備向我們馳來。在快艇還未來到之前，我冷冷地問方廷寶：「你準備如何向柯克交代？」

他喘着氣，想了一想，「我只好告訴他，什麼也沒有剩下，全給 **炸毀** 了。」

那時候，我也決定不了，是不是要將那東西還在海底的事，告訴傑克上校。如果我告訴他的話，那東西就會被打撈上來，送到博物館去。但之後，柯克船長一定會 **千方百計** 將那東西從博物館中搶奪過來，徒添不少麻煩；而且，我亦不想那東西落入柯克船長或是某國特務組織的手裏，所以，我決定讓那石頭繼續留在海底，等一年半載之後，事件 **丟淡** 了，再回來將東西打撈起來，慢慢作研究。

我於是警告方廷寶：「那東西的位置只有你和我知道，如果你依然 **財迷心竅** ，讓柯克船長或者某國特務獲得了那東西的話，我就將你和他們的關係告訴警方，到

時大家都會視你為海盜或者特務的**同伙**，永遠被國際通緝，你將得不償失！」

方廷寶**吞了一下口水**，連連點頭道：「我知道了，我不會對任何人說。」

我不放心，再提醒他一次：「你要好好記住，不然，你知道你的下場將會有多**悲慘**！」

那時，有一艘快艇已離我們很近了，而我警告方廷寶的時候，話又說得**十分大聲**，我猜想艇上的一位警員可能已聽到我的話。後來事實證明，我的**猜度**沒有錯，那警員果然聽到了我的話，給我帶來了麻煩。

第十二章

　　我和方廷寶上了快艇，回到艦上，傑克上校看到我們的氧氣筒都損壞了，緊張地問：「怎麼了？發生什麼事？被大烏賊襲擊嗎？」

　　方廷寶望着我，一句話也不敢說，只好由我來回答：「發生了一點**小意外**而已，沒有什麼。雖然我們沒看到大烏賊，不知道牠逃到什麼地方去，但牠一定受了**重傷**，估計也活不了多久。我看，搜索行動可以停止了，那架飛機只剩下一些碎片，遇難者的屍體都不復存在，不過我已找到了飛機的『**黑盒**』。」

　　我把飛行紀錄儀交給傑克，他接過來後，用**疑惑的**

21

眼光 👁 望着我，「真的什麼都沒有了？」

他知道飛機上還有那件要送給博物館的東西，而飛機失事也很可能和那東西有關，所以他在 **暗示**，問我有沒有發現。

我 **聳聳肩** 說：「你自己可以潛水下去看看的。」

傑克上校嘆了一口氣，轉過身去，和那位將軍及林上尉商量着，他們顯然也同意 **收隊**，畢竟已找到了飛行紀錄儀，可以先回去仔細分析研究飛機失事的原因。

我們於是分別登上直升機先行回去，下直升機時，一大群**記者**圍了上來，傑克上校、那位將軍和海洋生物學家朱博士都忙於應付記者，我和方廷寶兩人則**逕自離開**。

和方廷寶分手後，我回到家中，向白素講述了那頭大烏賊的可怖情形，然後我已經疲乏不堪了，*匆匆*洗了一個熱水澡，便上牀沉沉睡去。

不知道睡了多久，我被一陣**爭吵聲**弄醒過來，我聽到白素高聲說：「太荒唐了，他一回來，就在家中，根本沒有出去過！」

接着，我聽到了傑克上校的聲音：「我們一定要見他，**他涉嫌謀殺！**」

我大吃一驚，看看牀頭鐘，竟睡了超過十小時，傑克上校說我「涉嫌謀殺」，是什麼時候的事？難道我*夢遊*去殺人了？

我立即披了睡袍，打開臥室的 門，當我出現在樓梯口的時候，我看到傑克帶了六七名警員，一同望着我，如臨大敵的樣子！

我知道事情不是開玩笑的，連忙說：「傑克，我在這裏，你也知道我決不會殺人，何必那樣大驚小怪？」

「你是唯一的嫌疑人，這位警員聽到你威脅死者！」傑克指了指旁邊的警員對我說。

我認得那位警員，他就是當我和方廷寶兩人浮上水面後，首先駕着快艇駛近我們的人。

我猛地吸了一口氣，「方廷寶死了？」

傑克有點不懷好意地笑了笑，「我並沒有告訴你什麼人死了。」

我不禁怒火中燒，大聲道：「傑克，少賣弄你那種第

三流的偵探頭腦，快告訴我，方廷寶是怎麼死的，死在什麼地方？」

「我是來**逮捕**你的，請注意一下你的態度！」傑克也怒不可遏，「你和方廷寶在海底顯然曾發生過**打鬥**！」

「是的。」我坦白承認，「但方廷寶活着浮出水面，你也見到！」

「可是，他和你一起離開機場後，不到一小時，他就被一柄利刃刺進了**心臟**，死在一條冷僻的巷子中。」傑克説。

我腦中**一片紊亂**，我當然沒有殺人，但要證明我清白，最有力的證據，自然是找出**兇手**來。

然而，誰是兇手呢？

可能是陳子駒，可能是柯克船長，不論怎樣，方廷寶的死，和**柯克船長**一定脱不了關係！

　　當我想到了這一點，便立刻回到房間裏。傑克上校以為我想逃走，大聲喝道：「衛斯理，你去哪裏？**別想跳窗逃走！**你們幾個快去外面截住他！」

　　傑克自己也衝上樓梯，闖進我的房間裏。

　　但我其實只是回到房裏**換衣服** 而已，我揶揄他：「沒想到傑克上校有偷窺別人換衣服的嗜好。」

「嘿，你少搞花樣，換好衣服跟我回警局！」他喝令道。

但我換好了衣服後，卻在他身邊跑了出去，他又大聲喝止：「喂！你竟敢 **明目張膽** 在我面前逃走！」

他追着我，我卻一邊 *跑* 出門口，一邊對他說：「我不是逃走，你快跟我來，我帶你去見柯克船長！」

「什麼？你要帶我去見柯克船長？」他終於追到大門來，抓住了我的 **手臂** ，其餘警員也包圍了過來。

我解釋道：「是的，柯克船長 **匿藏** 在本市。我不是告訴過你，柯克船長也準備打撈沉機嗎？方廷寶本來被他 **收買**，如今死了，柯克船長的嫌疑才是最大！」

「原來你和柯克船長有聯絡！」傑克還是喜歡針對着我。

我不禁又是好氣，又是好笑，「好，**你要拘捕**

我，還是去拘捕柯克船長，你自己決定吧！」

傑克深吸一口氣，想了一想，態度顯然軟了下來，「帶我去找他！」

我笑了笑，便與他們一起上了車。

在上次出賣柯克船長的時候，我記得他曾說過，對於我這種**難得一見**的人才，他願意給予我兩次機會。我本來沒打算挑戰他的容忍度，但是方廷寶死了，而且很可能死在柯克船長之手，我怎能**姑息**他？我甚至已猜想到事情的經過：一定是方廷寶告訴柯克船長，那件東西已經被炸到不存在了，但柯克船長看出他在**說謊**，一怒之下就殺人滅口。

三十分鐘後，我帶傑克與一眾警員來到陳子駒的公司，職員都以極疑惑的眼光望着我們。

傑克大聲道：「都留在原來的位置上，不准隨便亂動！」

看到了那樣的陣仗，眾職員不禁**相顧失色**，而我已直趨陳子駒的**辦公室門口**，我還未伸手開門，門就打開來了，陳子駒探出頭來，驚問：「什麼──」

他只說了兩個字，就看到了我和大批警員，他登時**面色大變**，想縮回身子去，但我立即扣住他的手腕，一腳踢開了門，將他推進去。

傑克很快也跟着進來，陳子駒掙扎着叫道：「這是怎麼一回事？你們幹什麼？」

傑克冷冷地說：「**我們來抓人！**」

「有拘捕令麼？你們怎可以亂闖進來！」陳子駒質問。

我冷笑了一聲，「陳先生，別拖延時間了，整幢大廈已被包圍，誰都逃不了！」

陳子駒的**面色煞白**，一句話也說不出來，我立時大聲叫道：「船長，出來吧。」

這時已有幾位警官開始尋找辦公室中的暗門，但是我**只叫了兩聲**，一道暗門就打開來了。

當暗門打開之際，氣氛真是緊張到了極點，連同傑克上校手中的槍在內，至少有**十柄槍**對住了暗門。可是柯克船長卻滿臉笑容地走了出來，站在暗門口，望着我說：「衛斯理，我為你感到**羞恥**。」

第十三章

荒唐的藉口

雖然帶着警員來捉拿柯克這樣的 **犯罪分子**，絕不是什麼有愧於心的事，但在柯克的角度來說，他認為我是第二次出賣他了。

我卻反駁道：「你才應該臉紅，*你殺了方廷寶！*」

這句話才一出口，柯克船長的臉色突然一變，顯然是此刻才知道方廷寶的死訊，他呆住了好一會才說：「謝謝

你來告訴我這個**不幸的消息**，你就是為了方廷寶的死，所以帶他們來找我？」

這時我也呆住了，的確，我是因為方廷寶的死才帶警察來**拘捕**他，但如今看來，方廷寶的死可能根本與他無關！

但傑克上校不管那麼多，立時走了過去，替柯克船長鎖上**手銬**。柯克船長毫不反抗，只是冷冷地説：「上校，用這麼大陣仗來對付一個只犯了**非法入境**輕微罪行的人，未免太過分了吧？」

傑克上校呆了一呆，如果柯克船長真的沒有殺方廷寶，那麼確實沒有證據證明他在本市犯過什麼案，將他解上**法庭**的話，大不了就是非法入境而已。不過，他也不能安枕無憂，因為非法入境定罪之後，他立即會被**引渡**到其他的地方受審。

「你沒有殺方廷寶?」我質疑道。

柯克船長聳聳肩,「我根本連他死了也不知道。」

「誰會相信你的話!殺他的**主謀**,不是你,還會是誰?」我說。

這時傑克上校竟然把**懷疑**的目光移到我身上來,我登時不滿道:「你這樣看着我是什麼意思?你還在懷疑我?」

傑克緊皺着眉，「你仍然是殺害方廷寶的嫌疑人之一。」

我怒道：「如果你想尋找真正的兇手，就得**放我走！**」

傑克考慮了好一會，念在我幫他抓到國際大罪犯的份上，才說：「可是你得每天向警方報到。」

我沒有再理睬他，逕自**大踏步！！**走了出去。我心中煩亂到了極點，我要去找殺方廷寶的兇手，可是該從何處着手？

我走過了幾條馬路，突然從一間店舖櫥窗玻璃的反照中，發現有 三個人 在跟蹤我。初時我懷疑他們是傑克派來監視我的，我老羞成怒，直接走過去質問：「是傑克那個**混蛋**派你們來的嗎？」

他們略為呆了一呆，但很快又回復鎮定，其中一人**沉聲**道：「請問你是衛斯理先生嗎？我們想請你和一個人見見面。」

聽他這麼說，我立刻就料到他們是什麼人了，於是冷冷地道：「你們何必對我那麼客氣，你們已害死了三位世界知名的科學家，又殺了方廷寶，我還敢對你們的**邀請**有異議嗎？」

這三個人不愧是出色的特務，依然**不慍不火**地說：「請跟我們來，就在不遠處。」

我看到他們其中一個人，伸手按了一下**皮帶**的末端，顯然是在通知他們的上司。

他們領着我沿馬路走了不到五十碼，一輛**房車**就在我們身邊停下，車門自動打開，車中有人說：「衛先生，請上來，我們只不過談談。」

　　我毫不考慮就登上了車，車子由一個穿著 **黑衣服** 的司機駕駛，後面坐着一個矮個子，外貌很平常，笑容可掬，十足像是一個 **小商人**。

　　我一上了車，車就向前駛去，那小商人模樣的特務頭子說：「請放心，車子只在 **鬧市** 之中兜圈子。」

　　「我們說話卻大可不必 **兜 圈 子**，是你們殺死了方廷寶？」我開門見山地問。

那人說：「這話得從頭說起，我們委託柯克船長做一件事，但是柯克船長卻出賣了我們。他想把東西**據為己有**，他和你接頭的經過，方廷寶已對我們作了報告。」

原來方廷寶**一方面**是柯克船長的人，同時**另一方面**又受了某國特務的收買。我冷笑道：「那麼，你們要殺的人，該是柯克船長，而不是方廷寶。」

「你應該知道，殺柯克船長**不是**一件**輕鬆**的事。而且，方廷寶也出賣我們了。」

「他怎麼出賣你們？」

「他潛水回來之後，竟然**編造**了一個荒唐透頂的故事，說什麼有一頭大烏賊伏在飛機上，阻礙搜索，後來軍方用重火力武器對付大烏賊，卻同時把飛機的一切都炸得**粉碎**。你說這樣的故事，騙得了誰？」

我呆住了片刻，雖然方廷寶確實對特務組織隱瞞了真相，沒有說出我和他同時在海底發現了那東西，但他所說的「**荒唐故事**」卻是千真萬確的。我不禁嘆了一口氣，「你錯了，方廷寶所說的一切，是真的！」

「真的？」那人**瞪大**了眼睛，「你要我相信真有一頭那樣大的烏賊？」

我點頭道：「是的，我相信你們**情報機構**很快也能收到消息。」

那人呆了一呆，「那麼，我們要找的東西，已經**不存在**了？」

他終於問到重點了，我決定裝作什麼也不知道，「你們要找的東西是什麼？」

那人立時現出十分不耐煩的神色來，「**衛先生**，你是知道的！」

我搖着頭，「對不起，我真的不知道！」

那傢伙的臉色變得極其難看，他拉長了臉：「我們以為你是痛快的人，怎知道你比方廷寶還要討厭！」

我心中很 **惱怒** ，但是我不能發作，因為這時我正在他們的手中。

我只是悶哼了一聲：「我不明白你在說些什麼！」

那人突然笑着問：「你為誰工作？」

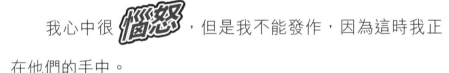

「**我** 不為 *任何人* 工作。」

這句話，由於是實情，所以我說起來倒也 **理直** 氣 **壯**。

對方馬上說：「你如果不為任何方面工作的話，那麼，我勸你別和我們作對。你敵不過我們的，而且，**那 東西** 到了你的手中，一點用處也沒有！」

第十四章

嵌在岩石●中的金屬球

那特務頭子雖然態度囂張、樣子可惡，講的話也極其不中聽，但是我不得不承認他所講的是事實，他們是 遍佈全世界 的特務組織，我怎能和他們為敵呢？

我坦白道：「我無心與你們作對，柯克船長雖然請我幫忙 尋找 一件東西，可是他也説不清楚那到底是什麼。」

那人望着我好一會，才説：「那是一件很 **奇特** 的東西，為了得到它，我們已做了不少工作，但是到手之後究

竟有什麼用處，我們也不敢肯定。」

「如果不是一件有用的東西，你們肯花那麼多工夫麼？」我故意**壓低了聲音**問：「那是什麼？是不是能夠剎那間**毀滅全世界**的武器？」

「衛先生，我們既然見了面，而你又知道我的身分，那麼我也不妨和你**分享**多一些資料。那是一件十分奇異的東西，我可以先讓你看看它的外形！」

他伸手按了幾下椅背上的 **屏幕** 💻 ，那屏幕便顯示出一張張照片來。

他介紹道：「這幾張照片，是那東西還在一個富翁家中 **陳列** 時，我們的人拍下來的，請你注意那個露出石外的圓球。」

我仔細地看着，那東西真和柯克船長所描述的一樣，一條 **長條形** 的石筍，有一個大約六分之一的球體露在外面，即使在照片上也可以看出，那球面是光滑細緻的 **金屬** ，絕不是天然的東西。

那人指了指那個球面：「我們對石頭沒有興趣，重要的是這個 **圓球** 。」

我不出聲，聽他繼續説：「我説的全是實話，對於這個圓球，我們所知不多，但是已知道它有 **極強烈** 的 **磁力感應** 。」

關於這一點，柯克船長也曾經向我提及過。

那人又說：「我們的人還費了不少工夫，偷偷從那圓球的表面刮下了一點屑末來，拿去**化驗**，結果——」

他講到這裏，**停了一停**，我登時緊張起來，很想知道那圓球到底是什麼東西，但他竟嘆了一口氣說：「我們驗不出那是什麼東西。」

我忍不住開口問：「怎會驗不出來？除非……那是一種地球上沒有的金屬？」

他望了我一眼，「我要修正你的話，*那是***地球**上*沒有的東西*，因為我們甚至不能確定它是不是金屬。」

我皺起了眉，從照片上看來，露在石外的那個球體，有着金屬的光輝，誰看到了，都會毫無疑問地認為它是金屬。

然而那人說：「我們的**科學家**費了很多工夫，只能假定這些粉末的性質，和石墨有一點類似，但是它的

穩定性極高，地球上似乎還沒有性質如此穩定的物質，或者說，還未曾發現過。」

「我有點不明白，為什麼當它在那富翁家的大廳作為**擺設**時，你們不下手？」我問。

他嘆了一口氣，顯然有點**後悔**，「初時我們還不能肯定那東西是不是有研究價值，而且我們也不想隨便行動，以免**暴露**身分。當我們知道那東西有研究價值時，那富翁已經執意要將它捐贈給博物館了，即使我們出高價收購，他也無動於中。」

他說完之後，突然望定了我，**話鋒一轉**：「好了，我已經和你分享了不少資訊，現在是你

對我坦白的時候了，你和方廷寶一起潛入海底，是不是見到了那東西？」

原來他是**拋磚引玉**，他以十分嚴重的語氣質問我，我略想了一想，說：「我不必瞞你，當軍事潛艇趕走了那頭大烏賊之後，我和方廷寶再度下水，的確是為了尋找那東西。不過，我們失望而回，因為潛艇**開火**對付大烏賊的時候，同時把飛機也炸成碎片了，三位科學家**💀屍骨無存**，我們什麼也沒有發現。」

那人的面色很陰沉，一聲不響。

我又說：「所以，你們以為方廷寶**背叛**了你們，而將他殺死，是十分魯莽而不智的錯誤行為。」

那人的臉色很難看，車子仍在市區之中兜着圈子，我略挺了挺身，「我想，我應該**下車**了！」

在海底看到過那東西的，只有我和方廷寶兩人，我已經決定不對任何人說，而方廷寶又死了，只要我不說，就不會有人知道東西在哪裏。

那特務頭子敲了一下玻璃窗，示意司機把車停到路邊，然後他對我說：「衛先生，如果有新的消息，我們再找你分享。再見。」

他表面說得好聽，但實際上是警告我，如果發現我有所隱瞞或者欺騙他，他們隨時會再來找我算帳。

我沒有說什麼，就開門下了車，走上行人道，當我再轉過身來時，那輛車子已經駛走了。

我的心中十分亂，我對那東西又有了進一步的了解：那東西有強烈的磁性反應，而那圓球的構成物質，以某國科學技術之進步，尚且研究不出那是什麼成分。

我呆立了一會，才慢慢地向前步去，我心中一直在翻來

覆去地 想着這件事，不知不覺間，原來已經來到了離我住所不遠的地方。我忽然停下來，因為發現路邊停泊了一輛警車，平時很少見到警車會停在這裏的，所以我感到十分奇怪，便停下來看了一眼。

怎料警車的門突然打開，一名 高級警官 從車裏跳下，向我急步走過來。

我呆了一呆，那高級警官已來到了我的面前，説：「衛先生，**上校請你上車**。」

我皺了皺眉，「我才和他分開了不久，這麼快又要見我？」

那警官説：「是的，事情又有了新的變化，衛先生，請你立即登車。」

傑克這傢伙的架子真大啊！我心裏在暗罵，但依然跟着那警官上了警車，車上竟有七八名警員之多，我才一進入車廂，那警官便迅速**關上了車門**，使我驚呆了一下，然而更令我吃驚的事，還在後頭！

我那時還彎着身，未坐下來，就看到三五名警員，一起用**手槍**對準了我！

就算觸覺最遲鈍的人，在這樣的情形下，也知道事情**大大不對勁**。當時我腦海裏第一個反應是咒罵

傑克，因為我以為，一定是他又運用自己的第三流偵探頭腦，把我當成最大嫌疑犯，要將我扣押下來。

然而，我卻料錯了，一個一直背對着我的警員，此刻轉過頭來，向我微笑着，當我看到了那警員的面孔時，實在不能相信自己的眼睛！

因為那「警員」竟然是柯克船長！

那是絕無可能的事！柯克船長被傑克上校鎖上手銬，那是我親眼目睹的，就算柯克船長再**神通廣大**，也不可能會化身成為警員，在我的面前出現。

然而，事實就是如此，柯克船長正望着我，還得意地笑着，並開口道：「感到很**意外**，是不是❓」

何止意外，我簡直驚呆得説不出話。

第十五章

終於到手

我一坐下，立時有兩柄手槍抵住了我的腰際，而警車也迅速開動，疾駛而去。

「你是怎麼逃出來的？」我驚訝地問。

柯克船長 哈 哈 大 笑 起來，「你們太低估我的力量了，也太低估陳先生辦公室的設計，裏面暗藏機關之餘，還藏着我的不少手下。當時傑克上校要逮捕我，我就發出 **暗號**，命令我的人發難，傑克上校和那些警員冷不防我們的突襲，結果通通被制服，並關在 秘室 之中，而我和我的手下就換上他們的警服，開他們的警車逃脫。」

我深吸了一口氣，柯克實在是一個難以形容的犯罪分子，他竟做了一件那樣**驚人**的事！

我看了一下車廂中的情形，自知沒有反抗的餘地，只好問：「你準備帶我到哪裏去？」

柯克神氣地説：「我是從海上來的，當然回**海上**去。」

我吃了一驚，「我可不是從海上來的。」

他又大笑起來，「放心，我不會**強迫**你做海盜，但是你一定要帶我到那東西所在的地點。」

我立即大聲強調：「我根本沒有發現那東西！」

他不理會我的話，只是冷冷地説：「那麼，你將要沉在海底，直至發現那東西為止，**哪怕是一個月**，**一年**，甚至**一輩子**。」

我倒抽了一口涼氣，這個萬惡不赦的海盜，擺明以殺

我作為威脅，要我帶他去找那東西！

事到如今，我再隱瞞也是枉然，只好嘆一口氣説：「好吧，我帶你去。」

從警車的車窗往外看，車子已經駛上了往海灘的公路，接着再轉入一條**高低不平**的小路，直達海邊。

有一艘船停在海邊，我認得那是柯克船長的船。

我被他們押着下車，登上了那艘船，當我站在甲板上的時候，我看到那輛警車**高速**衝向海中，在快到海邊時，司機縱身從車中跳了出來，讓車子繼續向前衝去，直衝到海中，轉眼間就**沉沒**了。

等所有人都上了船後，船就立即出發航行。我被押進了駕駛艙，來到一張**桌**前，桌上鋪着海圖，柯克示意我指出**地點**。

我苦笑了一下，望向大海，「船長，我聲明在先，我

對這件事已經完全不感興趣，當你找到那東西之後，我一定要回去，你得先答應我。」

「你不和我一起研究？」

「帶你去找那東西，已經是我能接受的**極限**了，我不想和海盜再有任何瓜葛。」

聽我說得那樣堅決，柯克船長也不禁**呆了半晌**，才點頭答應。

我於是伸出手，在海圖上指出我記得的地方，駕駛的船員立時照我所指的方向駛去。

我感到十分疲倦，實在想休息一下，於是後退了幾步，在一張**椅**子上坐了下來，以手撐頭，閉上了眼睛，對於四周圍發生的事都不加理會。

我維持着同樣的**姿勢**至少一小時之久，才感到船的速度慢了下來。

當我抬起頭，睜開眼來時，已有 四個人 換上了全套潛水裝備，站在船舷。

船終於完全停下來了，那四個人相繼跳進海裏，柯克船長以一種十分異樣的神情望着我，我給他望得很不舒服，忍不住道：「你放心，在這樣的情勢下，欺騙你對我一點好處也沒有。」

柯克船長微微點着頭，「但願如此。」

過了沒多久，通訊器 傳來了聲音：「報告船長，地點正確，我們看到了一些飛機的碎片。」

柯克回過頭來，向我笑了一下。

接着，又有另一個人的聲音説：「我看到了一條大到**不可思議**的烏賊觸鬚。」

我對柯克説：「那東西是放在一個木箱裏的，方廷寶拿走時，和我發生了打鬥，木箱又掉回到海底，落在一塊**石頭** 的旁邊，你讓他們找找看吧。」

柯克船長把我的話告訴了潛水員，過了不到五分鐘，便聽到有人説：「船長，找到那木箱了。」

柯克船長的神情**興奮之極**，他不由自主地揮着手：「快將它帶上來，快！」

我也立即站了起來，「船長，是實現你 **諾言** 的時候了，請給我一艘快艇，讓我自己回去。」

我非常着急要離開，因為我知道，當柯克船長找到了那件東西，我就失去利用價值，我不知道他會怎麼處置我，尤其我曾經 **出賣** 過他兩次。

柯克望着我，「已經找到那東西了，你難道連看都不想看一眼？別忘記，那可能是你一生之中所見過最奇特的東西！」

他的話無疑有着 **極強的 誘惑力**，但我亦深知道，待在這裏愈久，我的性命危險就愈大。所以我堅決地説：「不，我不感興趣！」

柯克船長望了我片刻，才吩咐一個船員：「你給他一艘**燃料充足**的快艇吧。」

　　那船員答應了一聲，立時走了出去，我也跟着來到了甲板上，這時候，幾個潛水員已經托着那木箱**浮上水面**。

　　柯克船長也來到了甲板上，以極其興奮的語氣叫着：「快，快點！」

　　兩個潛水員很快就到了船邊，那個木箱亦已經由船上的 ⬛️船員 扯了上來。這時我已準備跨下快艇去了，柯克船長卻突然大聲對我說：「你真的不看一看那神秘的東西？」

我跨下去的一隻腳，僵在半空之中，心裏着實 **矛盾** 得可以。我在想，既然柯克船長真的願意放我走，那麼我多留一會，看一看那東西，也不會有什麼 **性命危險**。

在好奇心的驅使下，我縮回了腳，轉過身來。柯克船長已經 **迫不及待** 推開了兩個船員，來到那木箱前，俯身用力扳開了木箱，那根石筍終於呈現在我們眼前。

不過，要等到柯克船長將石筍翻了過來，我們才看到那露在外面的球面。那是一種 **暗啞的銀白色**，任何人一看到這種色澤，必然會聯想到金屬。

可是，據那特務頭子說，那並不是金屬。

柯克船長撫摸着那灰白色的球面，興奮得漲紅了臉，大叫道：「拿**錘子**來！」

我連忙問：「你要幹什麼？」

柯克船長抬頭望了我一眼，「自然是砸碎石頭**將這個球取出來！**」

我還來不及表達意見，一個船員已將一柄沉重的鐵錘交到了柯克船長的手中。

第十六章

剖開圓球的意外

我站在那根來自路南石林的石筍前面，可以看出，那個圓球絕不是用手工 **鑲嵌** 進去的，它本來一定是深藏在石頭的內部，而由於石頭的風化，才露出了球面來。

要明白那個圓球中有着什麼 秘密，自然得將石頭打碎，把它完全取出來。

可是，當柯克 舉 起 巨錘，向下擊去的時候，我心中總有一股十分異樣的感覺，我感到柯克船長的行動

是在 **破壞**，而不是建設。

那是一個很模糊的概念，我

無法具體地説出原因，只能

提醒道：「小心些！」

「 *砰* 」地一聲，柯

克船長的第一錘已經擊下去

了。

他的 臂力  相當

強，而石筍的質地本來就不

是十分堅硬，是以一錘擊下

去後，石屑四飛，可以看到

的球面也更多了。

柯克船長伸手去抹石

屑，他顯得愈來愈興奮，第

二錘又重重地擊了下去。

這一錘更奏效，將那根石筍**擊斷成兩截**，那圓球已有大半露在外面了。

柯克船長敲下了第三錘，錘和石頭才一接觸，那個圓球便從石中滾了出來，柯克船長向那圓球*直撲過去*，捧了起來，看他的神情就像一個餓極了的人捧住一個**大麵包**一樣。

他雙眼緊盯着那個圓球，突然之間，他叫了起來：「天，這上面有文字！」

他抬起頭來，向着我叫道：「你快過來看，這上面有着文字，好像是中國字，你快過來看看！那是什麼？」

我實在**按捺不住**心中的好奇，大踏步走了過去，柯克船長雙手捧着那圓球，伸過來向我展示。

我也看到了，柯克船長並不是**大驚小怪**，那圓

球上的確刻有文字，而且看起來也像中文，但我身為中國人，一眼就看出，那並不是中文，我甚至可以肯定，那不是任何時代的中國字。

那些字一共有兩行，很小，很精緻，鐫刻得很深，一個一個，數了一數，一共是**二十二個字**。

當我仔細地看着那些文字之際，柯克船長很**焦急**，不住地問：「這些字説什麼？這圓球是什麼東西？」

我搖了搖頭，「你問我也沒有用，我不認識這些字，它們不是中文。」

「或許那是中國古代的**甲骨文**？」柯克船長追問。

我仍然搖着頭，「不可能，我是中國人，對中國文字的沿革有一定的**研究**，我可以肯定，這不是中國任何時期的文字。」

柯克船長又猜想：「或許，是印度的梵文？」

我皺着眉頭，這二十二個獨立的文字，也不像*印度的梵文*，它每一個字看來就像是一幅精細的圖畫，筆劃**有粗**有細，但是卻安排得極其均勻有數。

中國的文字在這方面已可說是*無懈可擊*了，但比起這金球上的二十二個字來，卻還是瞠乎其後。

雖然不知道那些是什麼文字，但柯克船長一點也不感到失望，還相當興奮，激動道：「你看，這些字能證明，地球上早在**幾億年之前**，就有過高度的文明。當時的人，能製造出這樣的圓球來，就像是……就像是……」

「就像是什麼？」我問。

　　柯克船長高興地笑了起來，「就像是我們現代人埋下的時間囊。現在我們找到了幾億年前的 **時間囊** 啊！它內裏可能藏着當時 **地球** 文明  的一切紀錄！」

　　只見柯克船長捧着那個球，匆匆走進了船艙，並大叫着：「來，讓我們把它剖開來，我不相信你不想知道，我們上一代的人是如何 *生活* 的。」

我不等他的話講完，已跟在他的*後面*，一起走進了船艙之中。

柯克船長口中的「**上一代人**」，並不是我們一般所說，和我們這一代相隔只有二三十年的上一代，而是指幾億年前地球上的高度文明時代，如果有的話。

地球的年齡，已經假定為四十五億至六十億年之間，而人的出現，或者說生物的出現，卻只不過有幾十萬年歷史，和地球相比較，實在微不足道。

那麼，是不是在我們所知的生物出現之前，地球上已曾經有過高度文明？當時有着高等智慧的「地球人」，後來又因何而**滅絕**不見了？

柯克船長將那圓球放在桌子上，他的手下已經推來了一座精巧的**金屬刨牀**。

我連忙問：「船長，你打算就在這裏將它剖開來？」

柯克**大力點頭**，「自然，你看，我什麼都準備好了！」

只見他已經將那圓球牢牢地夾在刨牀上，打開電源，拉下裝有鋒利刨刀的槓桿，將刨刀**逼近**那圓球。

當鋒利的刨刀和那圓球接觸之際，刀鋒毫無困難地就切進圓球之中。

我怪叫道：「小心些，如果你肯定球中藏有值得我們研究的東西！」

柯克船長充滿自信，「你放心，*我比你還在意！*」

他小心操作，慢慢地**轉動着**那圓球，讓刨刀切進去大約半吋左右，團團切了一周，才抬起頭來。

他說：「我假定這個圓球的球壁是半吋厚，那麼現在鬆開**夾子**，就可以分成兩半了，如果還分不開，那麼我就再切進半吋。」

我點了點頭，表示同意他的做法，柯克船長開始扭鬆夾子的螺旋。

那時候，我和他的心情都緊張到了極點，因為那圓球之中究竟有什麼，馬上就可以**揭曉**了！

我看到夾子鬆開，柯克船長捧起了那圓球，雖然那一道痕已相當深，可是那圓球並沒有裂開。

柯克船長抬起頭來，「**還不夠深！**」

我湊近一看，那圓球上半吋深的切痕之內，仍然是那種**灰白色**的物質，我點了點頭說：「再切深半吋試試。」

柯克船長又將那圓球夾牢，沿着舊切痕，再度用刨刀切深了半吋，換句話說，切痕已經深達**一吋**了！

但是，當圓球取出來之後，仍然沒有裂開來，**球壁**比我們想像中更厚。

柯克船長於是又將圓球夾了起來，再切深半吋，但情

形和上兩次一樣。

我和他手心都有點冒汗，當他進行第四次 **切割**
時，切痕已深達兩吋，但圓球看起來還是那個樣子，柯克
顯得有點失望，喃喃道：「難道它只是一個 **實心的 球**
而已？」

他扭鬆夾子，準備把圓球取出來看看的時候，剎那
間，我們聽到仍在刨牀上的那個圓球，發出了一下如同什
麼東西 **斯裂** 的聲音。

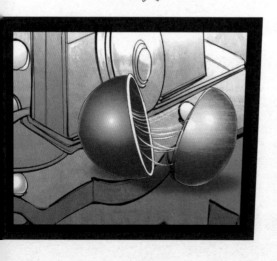

我們看到，在夾子鬆
開了之後，那圓球就裂了開
來。而且我們還可以清楚地
看到，圓球在裂開之際，那
種灰白色的物質，被拉成很
多 **細絲**。

圓球終於給剖開來了，我和柯克船長都興奮得 **歡呼了一聲**，我們馬上就可以知道那圓球裏究竟藏着什麼東西。

但是，我們的叫聲才一出口，在不到十分之一秒的時間內，我們看到有一樣東西從那圓球之中 **彈射** 了出來！

那東西射出來的速度極高，「啪」地一聲射在刨牀上的鋼支架上。這時我們才看清，那是一顆如同 **高爾夫球** 大小的小鐵球，那小鐵球緊緊地附貼在刨牀的金屬槓桿上。

同樣在不到十分之一秒的時間內，整座金屬製成的刨牀就像是紙紮的一樣，彷彿被一股極大的力量 **擠壓**，迅速地 **扭曲**，擠成了一團。

接着，船艙內所有的金屬物品，都一起**飛舞**起來，以極高的速度直飛向那已經扭曲了的刨牀，緊緊地附貼在刨牀之上。

同時，我們還聽到船艙外的人驚呼不絕，突然一下**隆然巨響**，一隻錨破壁而入，飛了進來，直撞向那團扭曲了的刨牀。

柯克船長驚恐大叫，而在那一瞬間，我直覺地感覺到，這艘船靠不住了，我一拉他的手臂，轉身就跑：「快走！」

第十七章

魔鬼一樣的
強大磁力C

　　我和柯克船長一起衝出船艙外，看見船舷上的**不鏽鋼欄杆**已在迅速地扭曲着，船上的人亂成了一團。

　　我大聲叫道：「快跳下水去！」

　　我和柯克船長跳進水去的時候，聽到了幾下**慘叫**聲，那是有幾個人被飛舞着的鐵器擊中時所發出的痛叫。

　　我一進入水中，便**拼命**向前游，當我游出了三四十碼之後，才轉過身來。

那時，發生在海面上的事情真令我看得目瞪口呆。

那艘遊艇像是被一種**極其巨大的力量**在擠搾着，木片在那種擠搾之中紛紛飛向半空，發出**劈劈啪啪**的聲音，船身在**漸漸縮小**，終於縮成了一團，水面上浮滿了木片和油，那艘遊艇已經變成了一團金屬殘骸，沉進水裏去，這前後還不到三分鐘！

海面上浮着不少人，柯克船長**游**到我的身邊，急速地喘着氣，「什麼事，發生了什麼事？」

我苦笑道：「你一直和我在一起，如果你不知道發生了什麼事，我也**不知道**。」

每一個浮在海面上的人都現出極其驚駭的神情，他們漸漸向柯克船長游了過來，其中兩人還將一隻翻轉在海面的**救生艇**，翻了過來，我們都向那救生艇游去。

所有人上了救生艇後，柯克船長**點了點**人數，

「不見了十一個人。」

　　救生艇上沒有一個人出聲，這時，大海的海面上，平靜得好像什麼事也未曾發生過一樣，只不過那艘設備精良的遊艇已經不見了，海面上有許多木片和油花正在漂開去。

　　「到底是什麼力量毀滅了我的船？」柯克船長既悲傷又憤恨地説。

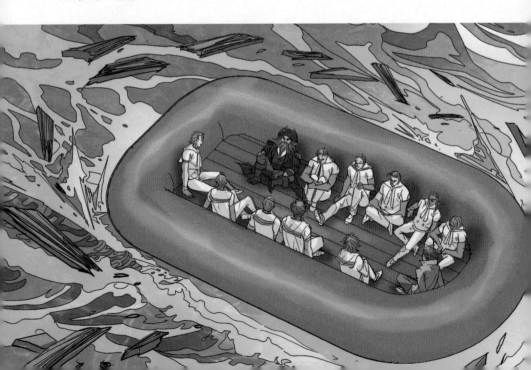

　　救生艇上沒有一個人能回答得來。事情發生之際，只有我和柯克船長在那個船艙中，如果我們兩人也得不到**答案**，那麼其他人自然更不知道了。

　　在靜默中，有一個魁梧大漢忽然**哭**得像個小孩一樣，說：「我們一定是觸怒了**上帝**，上帝在懲罰我們！」

　　柯克船長控制不住情緒，大聲吼道：「你別觸怒我，觸怒了我，比觸怒上帝還要可怕得多！」

　　那大漢雙手掩着臉，仍然在哭，我挪到他的身邊，拍了一下他的肩頭，問：「兄弟，事情已經過去了，你可以告訴我，當時你在哪裏？」

　　那大漢**失魂落魄**地說：「我在機房。」

　　我又問：「當時那裏的情形是怎麼樣的，你可以詳細說一說嗎？」

那大漢猶有餘悸，**發抖**了好一會，才説：「我⋯⋯正在機房中，有三個人和我在一起，那時⋯⋯所有的機器突然扭曲起來，並且離開了原來的位置，向牆上撞去，兩吋直徑的**鐵桿**，扭曲得像是麵條一樣，所有的螺絲、釘子，先飛了出來，嵌進了牆中，那三個人避得不夠快，被機器撞在牆上⋯⋯接着，機器撞破了**牆**。天啊，我們一定是觸怒了上帝！」

他的叙述使我想起了當時在我和柯克船長眼前發生的事：那張刨牀像是紙紮成的東西一樣，迅速地擠成了一團。那情境實在令人**不寒**而慄！

我望了望柯克，「船長，你明白了麼？」

柯克怔了一怔，我繼續説：「你應該明白了，當時突然之間有一股極強大的**引力**，對金屬，特別是鐵，發生作用，將船上的**鐵**全吸了過去，力量之大，使被吸過去

的鐵全擠壓成一團，船就此**毀滅**。而來不及逃生的人，被鐵壓在中間，壓死了。」

柯克船長恍然大悟，喃喃道：「那強大的引力就是⋯⋯」

我點着頭，「對，**磁力U**，強大到不可思議的**磁力U**！」

救生艇上所有人都張大了口，合不攏來。

磁力是**小學生**都明白的一種力量，但磁力強大到這種地步，卻不是人人所能接受的。

柯克船長驚訝得說話有點**結結巴巴**：「這麼說⋯⋯那圓球的中心，是一塊磁力強大到極的磁鐵？」

我嘆了一口氣，「恐怕是。而那圓球的外殼本來對磁力起着**隔絕**作用，但我們把它剖開，結果闖出禍來了！」

柯克船長神色蒼白，「現在整艘船已沉進了海底，危險應該已過去了吧？」

「很難說。」我皺眉道：「整艘船已被磁力扭曲成一個大鐵球，而這個**大鐵球**也會受感應而變成一塊更大的磁鐵，那是一股超乎我們想像力之外的強大磁力，我怕——」

我才講到這裏，就聽到海面上傳來一下又一下急速的**輪船汽笛聲**。

救生艇上許多人都現出十分興奮的神色來，以為有船來了，他們可以得救。

但我卻一點也不樂觀，相反地，我的心**直向下沉**。

汽笛聲愈來愈近，一艘船已在我們的視線之內出現，它是一艘相當舊的貨船，但向前駛來的速度卻**快**得令我們每一個人都咋舌！

它簡直不是駛來，而是直衝過來，一艘這樣殘舊的貨船，絕不可能以那樣的高速行駛。而且我們都可以看到，

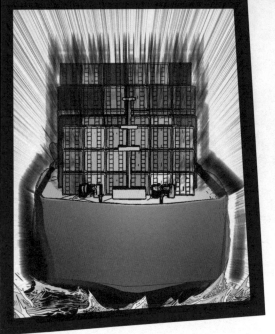

它的船身在  搖擺着、震盪着，一眾船員在甲板上慌張地奔來奔去。

我慌忙向那貨船大叫：

「快棄船！」

可是不論我如何叫，船上的人自然聽不到，然而我還是不停大聲地叫着，直到事情終於發生。

那艘貨船來到了剛才我們遊艇沉沒的地方，突然傾側，像是被一種極大的力道硬扯了下去，迅速沉沒，並且令海面上出現了巨大的漩渦。

　　貨船上的船員，有很多跌到海面上，根本連掙扎的機會
也沒有，就隨着急速旋轉的漩渦，被捲進了海底。

　　貨船被海水吞啦後，許多木箱浮了上來，那些木
箱大都被擠碎了，但當中也有一兩個是完整的。

　　木箱在海面上漂了開去，整艘船上的人，竟沒有一個
浮上水面來。

救生艇上鴉雀無聲，因為剛才發生的事，實在太恐怖了，猶如世界末日一樣。

過了許久，我才低聲道：「你猜那艘貨船，在**海底**變得怎麼樣了？」

柯克船長說：「根據你的想法，那艘貨船上所有的鋼鐵，一定已將我的遊艇包住，而這些鋼鐵受了感應，又變成了**強力的磁鐵U**！」

我點了點頭，然後着急地叫道：「我們得趕快向全世界發出警告，警告所有的船隻不能經過這裏，也**警告**所有的飛機，不能飛臨這裏的上空！」

第十八章

海上漂流

雖然我十分迫切要向全世界發出警告，可是我們自己正在海上 **隨波漂流**，能不能獲救也是未知數，又有什麼方法向全世界發出警告呢？而我們離兩艘船沉沒的地點也愈來愈遠了。

我極力使自己鎮定下來，問柯克：「船長，你還記得我們 **出事地點** 的正確位置？」

柯克船長望着我，不明所以。

我解釋道：「如果你記得，那麼我們一 *脫險*，就立時可以向全世界發出警告。」

「我記得，可是我們什麼時候能脫險呢？」柯克船長

苦笑了一下。

　　的確，我們什麼時候才能結束在海上的漂流呢？我們逃走得如此 **倉卒**，自然沒帶上任何食物或飲料。在太陽的蒸曬下，我們每個人的臉上都已泛起了一層鹽花，而且可以看得出，在很多人的臉上，已經有着 **死亡的陰影**💀 在籠罩着了。

　　天慢慢黑了下來，救生艇仍然在海面上漂着，有一個人想拉開喉嚨 **唱歌**♪，可是他發出來的聲音，卻令人無法忍受下去。

　　柯克船長大聲喝道：「**住口！**」

　　那人卻突然站了起來，「你已不再是船長了，我喜歡怎樣就怎樣！」

　　直到這一刻，我才見到柯克船長兇狠得令人難以置信的一面，救生艇那麼小，但柯克船長在那人的話一說完之

後，就直撲過去，**雙手**扣住了那人的脖子。

　　救生艇在劇烈地搖晃着，我也趕緊移過去，想將柯克船長的手拉開來，但是柯克船長的**氣力相當大**，而且我要小心別把救生艇弄翻，所以有點制止不了柯克。

　　那個剛才對柯克船長出言不遜的人，現在嘗到了 苦 果 ，雙眼凸出，竭力地掙扎着，但已經漸漸忍受不住了。

看到這情形，我立時揚起掌來，不顧一切也要將柯克船長擊昏過去，不許他**弄出人命**。可是我的動作突然止住，因為我知道已遲了，那個被他雙手扼住脖子的人，已經**癱軟倒下**，誰都可以看得出，他死了！

柯克面色鐵青，**嘶啞**地叫道：「我是船長！我仍然是船長！你們明白了麼？」

除了我之外，所有人都不敢不即時回應道：「是！」

「船長，將他拋下海去吧！」有人不想看到屍體。

但柯克船長冷冷地說：「不，得留他在救生艇上，我們可能要靠他來**活命**！」

大家很快就明白柯克船長的意思，無不靜默下來。

我自然也明白他的意思，不禁感到噁心，立時斥罵道：「柯克，你竟然有如此**可怕**的提議？」

柯克轉過身來，向我獰笑着，「兄弟，當我們在海上漂流了四五日之後，你就不會這樣覺得了。」

「我不會！」雖然我這麼説，但語氣一點也不夠肯定。

我實在很難詳細説出這一夜是怎麼過去的，在大多數的時間內，所有人都 **保持沉默** ，間中有人在發出低沉的埋怨聲，而我幾乎一直望着 **漆黑的海面** 。

奇怪的是，我一點也不感到飢餓，或許因為柯克船長的行為使我作嘔的緣故，不過，我卻異常地口渴。

我曾在 *沙漠* 中迷過路，也曾被口渴痛苦地折磨過，但原來在沙漠中感到口渴，和在大海中感到 **口渴** ，完全是兩回事。

在沙漠中，你根本見不到水，口渴的時候，還可以勉強忍受。但是在大海中，你極目所見的全是 **水** ，然而你

又不能喝那些水，海洋在地球上佔那麼大的面積，而人竟然不能飲用海水，這實在是一個莫大的諷刺。

我已記不清楚自己第幾次用**幾乎乾枯**的 舌頭 ，去舔着乾裂的嘴唇了，我想使自己睡着，卻又無法做得到，雖然我已疲倦透頂。

然後，在不知經過了多少時間之後，天亮了。

我慢慢地轉過頭來，救生艇上每一個人雙眼都佈滿了 血絲 ，臉上籠罩着死亡的陰影。

那個死人仍然在救生艇上，事實上，也很難分辨出那是一個**死人**，因為每一個活人的臉色都和死人差不多了。我們在海上漂流了還不到二十四小時，情形就已經變得這樣糟糕，真叫人**難以想像**，再下去會有什麼樣的事情發生！

我閉上了眼睛，陽光曬得我沾滿了鹽粒的皮膚**隱隱作痛**。我那時候在想，我一定可以比所有人支持得更久，因為我曾經受過嚴格的**中國武術訓練**。但是，柯克船長會讓我支持到最後嗎？

正當我在那樣想的時候，突然間，好幾個人一起叫了起來，原來他們看到了一隻漁船。

那是一艘中國式的木帆船，三根桅上全張着帆，正向着我們駛來。

救生艇上有好幾個人不由自主地**大叫大跳**，令救生艇幾乎傾覆，柯克船長大聲呵叱，各人才冷靜了下來。

柯克先下令將那死人推到海中，然後轉過頭來，對我説：「**請你跳下去！**」

我知道他心裏在想什麼，我緩緩搖着頭，「你以為我會服從你的命令？你才應該跳下去！」

柯克船長獰笑着，「有船來了，我們必須獲救，可是如果你在，一定會揭發我們的身分，使我們被送進**監獄**。你別以為你敵得過我們這麼多人！」

我回頭向那艘漁船望了一眼，大約再過十多分鐘，它就會駛近我們，我說：「在陸地上，或者不能，但是在這艘小艇上，你不妨試試。」

柯克船長*陰森地*說：「你堅持要和我們在一起，那也好辦，上船後，我就會將船上所有人殺掉！」

我心中一凜，深知柯克船長**說**得出**做**得到，

但我依然保持鎮定，因為前來的
是一艘中國漁船，毫無疑問船上
一定是中國 **漁民**，而我是中國
人，我有太多辦法可以用來對付
柯克船長了。

柯克船長揮了揮手，他的兩個手下便向我撲了過來，
但立時被我 **揮拳** 擊中咽喉，令他們痛苦得伏了下來。

我大聲道：「我可以將你們一個個拋下海去，來的是
一艘中國船，你們自然也看到了，想要獲救的話，得靠我
來 **溝通**！」

又有兩個人，已站了起來，本來想對付我的，但是聽
了我的話，都猶豫了一下。柯克船長大聲吼叫着，推開了
那兩個人，向我直衝過來。

他和我打鬥，並沒有持續多久，我已拗過了他的臂

骨,發出「格格」的聲響,使他完全無法作任何反抗。

而這時,那艘漁船離我們的救生艇只有三十碼左右,那是一艘**大型的**機動帆船,我不知道他們是從哪裏來的,但看得出船上全是華人。

救生艇上所有的人立時站了起來,而我卻**放大喉嚨**向漁船大喊:「你們聽着,這救生艇上全是強盜,你們千萬要小心!」

我用幾種不同的方言,喊叫着同樣的話,當我用到**閩南一帶**的方言時,那漁船上的人有了反應。那時船已離救生艇只有十來碼了,救生艇上有五六個人甚至急不及待跳下了水,向漁船游去。

我又大聲叫道:「別讓他們上船,**他們全是窮兇極惡的海盜**,別讓他們**上船**!」

第十九章

給全世界 的 警告

我仍然扭緊了柯克船長的手臂，他不斷發出如 **咆哮** 般的聲音。

漁船已經來到我們的旁邊，救生艇上有幾個柯克的手下 **跳水** 游向漁船。但漁船上的人果然聽我的話，紛紛用竹篙將那些海盜分子擋了開去。

漁船上有人拋下了 **繩索**，我命令還在救生艇上的人：「將救生艇拴好！」

那些人略為猶豫了一下，但很快也照我的話去做。等到繩子拴好了之後，我用力將柯克船長推開，推得他跌出了兩步，然後我**手足並用**，沿着繩子，爬到了船上去。

我一到了漁船，就向還在海水中掙扎的人叫道：「上救生艇去！你們會得到水和食物，但如果強行要上這漁船，那就只有**死**！」

那些人上不了船，只好紛紛向救生艇游回去。我轉過身來：「請給他們食物和水，並駛到最近的**港口**去，我有極緊急的事！」

船上的漁民呆了半晌，一名**年老的**漁民問我：「先生，你究竟是什麼人？」

「請放心，我是國際警方的朋友。你們船上有沒有無線電通訊設備？」我問。

那老漁民搖了搖頭，「我們只有**收音機**。」

我又問：「最近的港口在哪裏？」

他說了一個我未曾聽過的地名，但我已**毫**無選擇的餘地，必須盡快趕到任何有通訊設備的地方去。所以我說：「好，就到那裏去！」

一個**小伙子**給我水，我大口喝着，向下望去，柯克船長他們全在救生艇上，在漁民的監視下，都不敢強行爬到船上來。

我吩咐漁民將食物和水吊下去，漁船加快航行，救生艇被拖在後面**顛簸不定**，海水不時濺進救生艇中。不過救生艇上全是窮兇極惡的犯罪分子，不值得我們去同情。

我在甲板上**躺**了下來，向漁民借了收音機，立時聽到電台正在報告一艘貨船突然**在海上**消失的新聞，還說搜索船和飛機已準備前往搜索。

聽到了這個消息，我心中更是着急，深怕前往搜索的

船隻和飛機也遭到被強大磁力吸去的**命運**。

漁船在*黃昏時分*抵達了那個小港口。

我們在漁船，並沒有直駛向碼頭，而且在離碼頭還相當遠的地方停了下來。我請兩個漁民去和水警聯絡，等到一艘破舊的水警輪駛向我們的時候，我才知道，那是泰國的一個小漁港。

上漁船來的那位警官很年輕，當他知道救生艇上的那些人，是著名的海盜柯克船長和他的部下時，他高興得忍不住叫了起來。

試想想，全世界警方都想將之拘捕的**頭號犯罪分子**，竟落在這個小地方的警官手中，對這位年輕的警官而言，實在沒有什麼禮物，比抓到柯克船長更令他興奮了。

我表示有**緊急的**事情，要利用通訊設備，那警官立時派出了一艘快艇，將我送到了當地的警局。

我急不及待立刻**打電話**給傑克，他一接聽，我就說：「我是衛斯理，我在泰國！」

「嘿，好啊，你還有心情去玩。」傑克冷冷地道。

傑克上校曾被柯克船長反鎖在**密室**中，心情自然不好，我很理解，但現在這件事非常緊急，我必須趕快告訴他：「上校，有一件十分重要的事，有一艘貨船**神秘**失

蹤了，對不對？請盡快通知各方面，任何船隻或飛機，都不可以接近那個地區！」

接着，我就向傑克説出了那地區的正確位置。

傑克上校呆了片刻：「**為什麼？**你在發什麼神經？」

「在電話中，我很難向你説得明白，請你照我所説的去做，我已經將柯克船長和他的十幾個部下，交給了泰國警方！」

　　傑克上校一聽到柯克船長的名字，立時大聲罵了起來，他罵得十分激動，等他**發** **泄**完了，我才說：「我盡快趕回來，但請你先將我剛才的警告轉達出去。」

　　他認真地答應：「好。」

當我放下了電話之後，長長地吁了一口氣，直到這時，我才明白自己是有多**疲倦**和**飢餓**。

泰國的警察總部特地派了一架飛機來，這個小港口根本沒有機場，所以派來的是一架水上飛機。

我到達 曼谷 後，片刻都不多留，立時坐最快的航班回來。

傑克上校在機場等我，他一見我下機，迅即迎了上來，「我已轉達你的警告，但各方都想知道原因。」

「你可以**召集**他們，我會向他們報告清楚的！」

「好，你先回家去，兩小時後，到警方的**會議室**來。」

我確實需要回家休息一下，雖然只有兩小時，也是好的。

白素接我回到家中，我舒服地坐在陽台上，將此行的經過向她詳細說了一遍。等我說完，她才吃驚道：「那怎

麼辦？那麼強大的磁力存在於海底，豈不是會造成**巨大**的

災禍？」

我嘆了一聲：「自然不能讓它就此停在那海底，得設

法將**它**移走。」

白素苦笑着，「用什麼去移動它？難道用木船？」

我嘆了一口氣，白

素也沒有再說什麼，連

忙下廚替我煮了**一碗**

麵🍜，當我吃完時，

傑克上校打電話來，對

我說：「有關人員全部

到齊了，請你立即動身，

直接來會議室，想和你見面的人十分多，多得出乎你的意

料之外！」

我放下電話，白素看出我

十分疲憊，便説：「我送

你去。」

　　我們一起出門，三十分鐘

後，就來到了目的地，傑克並

沒有誇大，整個會議室裏**密密**

麻麻全是人！

　　傑克向眾人大聲道：「各位，這位就是衛斯理先生，

和他的夫人。」

　　會議室內立時響起了一陣交頭接耳的**嗡嗡**聲，傑

克接着對我説：「人太多了，我不一一向你介紹，在座的

全是**各國領事**、軍方的代表，以及船公司、航空公司的

代表等等。現在你可以向大家解釋一下，為什麼要求所有

船隻和飛機，不要經過那個區域，還有你**目擊**那貨

船失事的情形。」

　　我緩緩吸了一口氣，這件事，要説起來，**千頭萬緒**，真不知該如何説好，但是我必須詳細説明，因為事關重大。

　　我首先提起雲南省的石林，接着，便説到了石林中的一根石筍，有一個奇特的圓球表面露了出來，引起了**某國特務**的垂注。

　　當我説到這裏的時候，在場有三四個人現出相當不安的神情來，不用説，他們一定就是某國的**外交人員**了。

　　接着，我便説到柯克船長，他終於在海底得到了那根石筍，取得了那個圓球，並且就在他的遊艇上，剖開了那個圓球。

　　然後，我就叙述着圓球被剖開後所引起的**災難**，遊艇毀滅，我們漂流在海上，一艘貨輪衝過來，也沉沒在

同樣的地點。

　　我講完了這些事實，略頓了一頓，會議室內靜得出奇，**一點聲音也沒有**。傑克上校首先開口問：「那是一種什麼力量？」

　　我沉聲道：「照我的推斷，那是一股極強大的磁力。」

　　此話一出，又是一陣嗡嗡聲，一個中年人站起來說：「如果那是強大的磁力，那麼應該會引起**地球磁場**的變化才是。」

　　另一個身形高大的中年人也站了起來，朗聲道：「我支持衛先生的看法，各位，我接到我們國家好幾處觀測站的報告說，地球磁場曾經在衛先生所說的那段時間，連續受到干擾。但這種干擾在兩小時內**迅速減弱**，最終完全消退。」

　　我呆了一呆，「這是什麼意思？」

那人說：「這證明在地球的某一地區，的確出現過一股**強大得 不可思議 的磁力U**，但是這股磁力，雖然強大到足以影響整個地球磁場，不過在兩小時之內，影響不斷減弱，直到磁力完全消失。」

我大感意外地問：「你的意思是，這股磁力，**現在已經 不再存在 了**？」

「從我國探測到的**數據**來看，確是如此。」那人說。

第二十章

永耗不盡的動力

　　會議室中，各人交頭接耳，議論紛紛。白素低聲在我耳邊講了兩句話，然後我便說：「各位，要證明這件事，也很簡單，我們可以請本市的警方，安排 一艘大木船，讓我們到那地方去觀察一下！」

　　那個身形高大的中年人說：「其實用任何船都可以，因為磁力已經消失了，我相信其他國家的監測站也測到了相同的數據。」

大家都同意去現場看一看，傑克上校立刻去安排船隻，而一組科學研究人員亦去安排各種儀器，定於明早出發。

第二天，我們按計劃乘船出發，為了安全起見，船首安裝了**磁力U反應儀**，一旦探測到磁力有異樣，大家便立時棄船，登上事先準備好的小木艇。

我們本來想採用純木船的，但這畢竟是一個相當長的航程，用木船太浪費**時間**了，所以就採取了折衷的辦法，使用最先進的船，但在船上準備了若干小木艇，以備不時之需。

海面上風平浪靜，**視野無垠**，當船漸漸駛近失事地點的時候，所有人都緊張起來，圍在磁力反應儀的附近，密切注視着儀器有沒有什麼特別的反應。

儀器上的**指針** ，一直在正常的位置上，離出事地點愈來愈近了，仍然沒有變化。

傑克上校望着我說：「消失了！」

我心中十分疑惑，不明白那樣強大的磁力何以會消失，但 事實 擺在我們眼前，磁力的確已經消失了。我望着平靜的海面，點了點頭，「看來是消失了。」

雖然此刻探測不到那股磁力，但大家都 **不會否定** 曾經有過那股磁力存在，因為經過了一晚之後，世界各地已經獲得了更多的數據資料，顯示在那段時間中，地球的磁場確實受過極大的干擾。

　　船終於抵達了目的地，在海面上沒有 **記號** 可以辨認，但是柯克船長記得遊艇出事時的準確位置，我們就是根據這個位置而來的。

　　海面上極平靜，儀器也沒有半點不尋常的反應。

　　傑克上校大聲宣布：「好了，事情已經成為 **過去**，我們可以安心回去了！」

　　但一個海洋學家說：「為了妥當起見，我想應該潛到海底去 **看一看**，反正帶備了潛水設備，也有潛水人員在。」

　　這個提議得到很多人附和，傑克上校轉過頭來望着我，「你也想潛到海底去看個明白嗎？」

　　我想了一想，微微點了一下頭。

　　傑克便 **下達指令**：「好吧。潛水人員準備，由衛斯理帶領，進行海底觀察。」

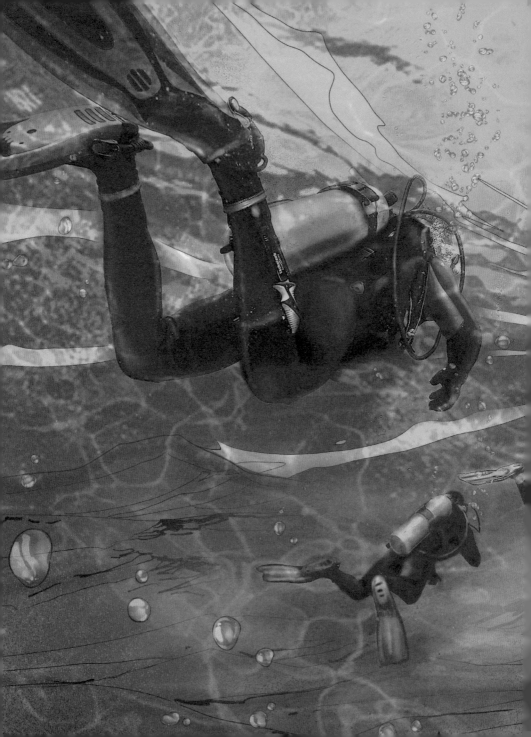

　　我連忙換上了潛水裝備，與另外三名潛水員一起跳下了海，海水很 *清澈*，約有五百呎深，這樣的深海潛水，實在有點超乎我的能力之外，但我還是勉強潛下去。

　　當我可以看到海底的時候，我和那三位潛水員打着手勢，我們都表示極度驚訝。因為那一帶的海底，**平坦** 得像是被壓路機壓過一樣，幾乎什麼也沒有，沒有岩石，沒有海葵，只有平坦的海砂，猶如 **一個海底的沙漠。**

　　我們在接近海底的地方游着，發現平坦的海砂也有着些微的 **起伏**，那些起伏形成一個大漩渦，沒多久，我們就找到了那漩渦的中心。

　　「漩渦」的中心部分，是一個相當深的深潭，足有十多呎深，附近的海砂正緩緩向漩渦中心 **滑下去**，我相信再過些時日，這個深坑就會被海砂填平，再看不見漩渦的痕迹。

我腦海裏一片混亂，本來我預期在海底會看到

的，但是現在什麼也沒有，只看到了這樣的

一個漩渦。

那艘遊艇和貨船的 **鋼鐵** 到哪裏去了？是什麼力量使

海底形成了這樣一個大漩渦？

一連串的問題，在我的腦海裏 **盤旋**，卻得不到答

案。三名潛水員在海底拍攝了足夠的照片和影片後，**伸手**

拍了一下我的肩，我才回過神來，和他們一起浮上水面

去。在歸程中，我仍然不斷地思索着這個問題。

六天之後，軍方召集了一個專家會議，也邀請我列

席。會議上，大家討論當日在海底拍攝的 **照片**，其

中一位專家指着照片上的深渦説：「我們經過詳細研究，

認為這個深渦，是由一股極大的下沉力量所造成，就像是

浴缸的塞子 打開，水向下漏去時所形成的漩渦一樣。

129

現在的問題是，那股強大的下沉力，究竟是從何而來？」

他望向我，似乎想聽聽我的意見，我於是**站了起來**說：「我們已經可以肯定，有一件物體，具有極強大的磁力，它至少將一艘貨船和一艘遊艇中所有的鋼鐵吸引過來，扭曲擠壓成了一個巨大的鋼鐵團。但這樣的鋼鐵團會產生什麼反應和後果，得請這方面的專家發表意見。」

一個**很瘦的人**隨即站起，「如果那物體真有如此強大的磁力，那麼，它所吸引的鋼鐵，**分子排列**會起變化，會同樣變成具有強烈磁性的磁鐵。」

我疑惑地問：「那麼，那磁力是自己在兩小時內自動消退的嗎？」

會場**靜默**了片刻，一個老年人啞着聲音説：「我的推測是，那個大鐵團**下沉**了。」

「是什麼力量促使它下沉？」我好奇地問。

那老年人拄着拐杖，站了起來：「我推測那裏海底恰好有一個鐵礦，磁力對**鐵礦**起了作用，當然，再強大的磁力，也不大可能將整個鐵礦吸上來，所以唯一的結果就是那大鐵團向下沉去，穿過了海砂海泥，就算遇到了堅硬的岩石，由於磁力極強大，大鐵團也會變成無數**細小的**磁鐵，分散開來，鑽進**石縫**之中，繼續向下沉去。」

會場內的人，無不肅然地聽着那位老人的推斷。

當他微喘着氣，停了下來之際，我又問：「那麼，你認為磁力的消失，是由於*阻隔太大*的緣故？」

那老人點點頭：「是的，它可能已下沉了幾千呎，在那麼深厚的阻隔下，磁力自然難以透出海底了。」

這位老資格專家的解釋，得到了所有與會者**一致同意**，將他的推測作為會議的結論。

會議的氣氛輕鬆起來，我趁機提出了一個問題：「各位，這件事，可以說已經解決了，但是，那有着如此巨大磁力的圓球，到底是什麼東西？為什麼會在岩石之中？它有一層**外殼**包裹着，這層物質只不過兩三吋厚，卻可以阻隔如此強大的磁力，而且某國的科學家研究過這種物質，認為它不是地球上所有的任何東西。」

我提出這**一連串問題**，令大家討論了很久，卻得不到任何結論。

後來，我到監獄裏見過柯克船長，將專家的意見告訴了他，問他有什麼**看法**。

柯克船長雖然被判了 **死刑**，但心情卻非常平靜，聽了我的轉述後，他冷笑了一下，「那位專家說對了一半，卻猜錯了另一半。依我的推測，那大鐵團的確是從海底繼續下沉去，但並非因為海底恰巧有一個鐵礦，而是由於地心 **岩漿** 外層的吸引。別忘了，岩漿的外層含鐵，那東西直鑽到地心去了。」

我呆了半晌，他又說：「那東西的來歷，我經過了長期的思索，也有了結論。」

「 **你的結論** 是什麼？」

「我想，只有兩個可能，第一個可能是，在我們這一代人之前，地球上早已出現過高級生物，那圓球是他們留下來的，其後地球又經過了 **天翻地覆** 的變化，那圓球

133

沉進了岩漿之中，岩漿變成了岩石，又經過幾億年風化，才又顯露出來。」

我緩緩地吸了一口氣，「第二個可能呢？」

柯克船長抬頭望着天花板，「第二個可能，就是別人留下來的，假定在若干億年前，地球還是一個熔漿世界，有不知道來自宇宙哪個地方的『人』，飛近地球時，丟下了那個圓球，那可能是一個意外事故──」

他説到這裏，我已恍然大悟，禁不住叫了一聲，接上去説：「如果是那樣的話，這種『人』在太空飛行的動力，或許不是什麼燃料，而是磁力，利用各星球之間的磁力牽引，作不可想像的高速飛行！」

柯克點了點頭，表示我所説的，和他的想法一樣。

我不禁想到，那樣強大無匹的磁力，如果應用在星際飛行上，那真是永耗不盡的動力啊。（完）

衛斯理系列 少年版 26

魔磁 下

作　　　者：衛斯理（倪匡）

文字整理：耿啟文

繪　　　畫：鄺志德

助理出版經理：周詩韵

責任編輯：梁韻廷

封面及美術設計：雅仁

出　　　版：明窗出版社

發　　　行：明報出版社有限公司

　　　　　　香港柴灣嘉業街 18 號

　　　　　　明報工業中心 A 座 15 樓

電　　　話：2595 3215

傳　　　真：2898 2646

網　　　址：http://books.mingpao.com/

電子郵箱：mpp@mingpao.com

版　　　次：二〇二二年十月初版

I S B N：978-988-8828-28-9

承　　　印：美雅印刷製本有限公司